Mae'r llyfr hwn yn eiddo i:

I Fred, George a Thomas, fy môr-ladron i mewn pyjamas,

ac i Christopher – capten ein llong ni

~ C C

I Archie, Seth a Tabby

~ T K

Cyhoeddwyd gyntaf yn 2015
gan Little Tiger Press, 1 The Coda Centre,
189 Munster Road, Llundain SW6 6AW
dan y teitl *Pirates in Pyjamas*

Cyhoeddwyd gyntaf yng Nghymru yn 2016
gan Wasg Gomer, Llandysul, Ceredigion SA44 4JL
www.gomer.co.uk

ISBN 978 1 78562 111 6

Dymuna'r cyhoeddwyr gydnabod cymorth ariannol Cyngor Llyfrau Cymru.

Argraffwyd yn China

LTP/1400/1491/0516

MÔR-LADRON mewn PYJAMAS

Caroline Crowe   Tom Knight

Addasiad Dewi Pws Morris a Rhiannon Roberts

Gomer

Ydy **môr-ladron yn gwisgo pyjamas**
wrth fynd i'r gwely a dweud nos da?

Rhai â phenglog ac esgyrn brawychus,
neu rai **streipiog,** fel pob môr-leidr **da?**

Wrth gwrs, mae môr-ladron yn gwisgo pyjamas,
Ond eu dewis sy'n rhyfedd a syn,
Maen nhw'n gwisgo pyjamas **porffor**,
neu rai **oren**,

gwyrdd, melyn, pinc a **gwyn!**

Maen nhw'n dwlu ar rai gyda **phom-poms**,

Neu **ffrils** a **smotiau** sydd gan eraill, ie wir.

Ambell un sy'n gwisgo rhai **blewog**,

A rhai eraill sydd ddim yn ddigon **hir**.

Os ewch ar daith ar y *Parot Pwdwr*,
Cyn dringo i'ch gwely mawr,
Mi welwch 'rhen Gapten Hyllfarf
A'i ddillad i gyd ar y llawr.

Mae'n barod i blymio'n ddewr i'r bath,
Sy'n llawn o ddŵr poeth, hallt,

At y criw sy'n dynwared siarcod cas
Â'r shampŵ sy'n glynu'n eu gwallt.

Mae jim-jams **Gari'r Gwyliwr** yn frith o lolipops del.

Ac ar rai **Barti Blew**
mae sawl ymbarél.

Cathod yn dawnsio
sy' gan **Tomi Trwyn**

Mae 'jamas **Capten Hyllfarf**
yn bendant wedi shrincio.

Fe welwch 'i ganol yn pipo mas,
a'i **fotwm bol**

yn **wincio**.

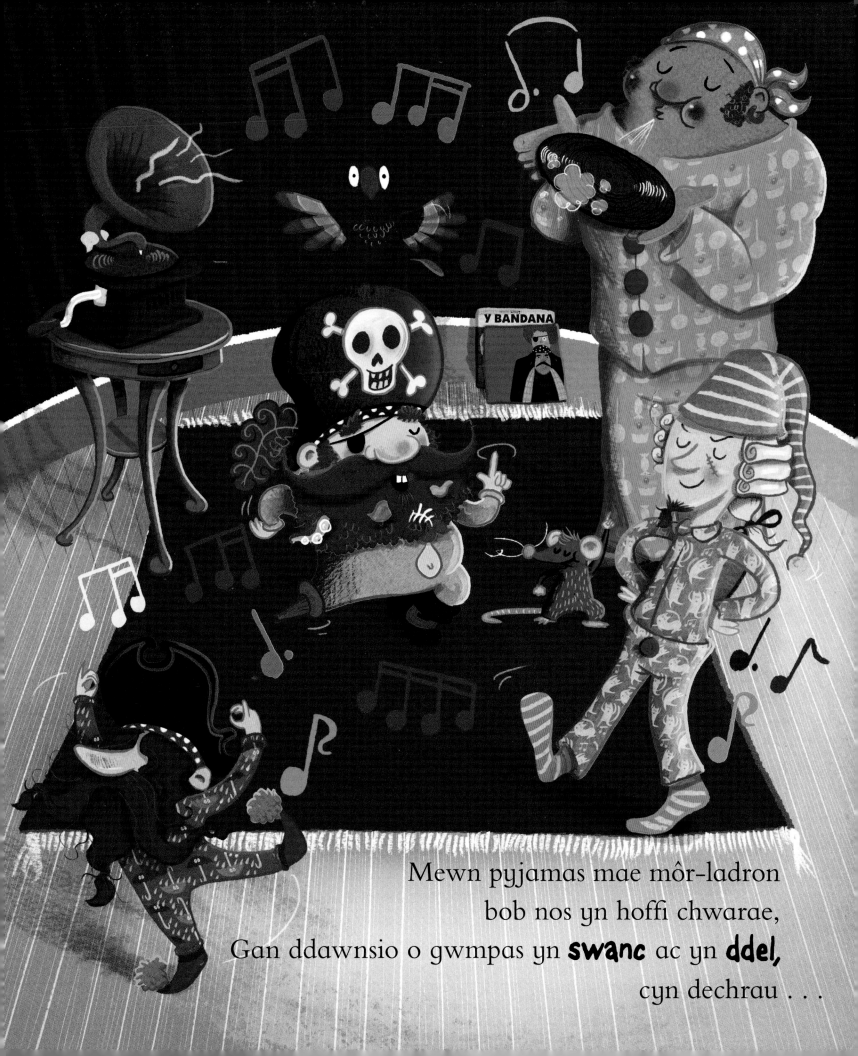

Mewn pyjamas mae môr-ladron
bob nos yn hoffi chwarae,
Gan ddawnsio o gwmpas yn **swanc** ac yn **ddel,**
cyn dechrau . . .

Fe heda'r **plu** 'nôl a mlân, ac yna mlân a 'nôl.
Wrth i **Barti Blew** chwerthin
Mae ei 'jamas yn disgyn . . .

. . . gan ddangos i bawb

ei **ben-ôl!**

Cyn cysgu, y môr-ladron sy'n yfed eu llaeth
Drwy welltyn lliwgar mawr,

Gan guddio'n gysurus dan flancedi glas trwchus . . .

...a rhochian
tan y wawr.

Felly os wyt ti am fôd yn fôr-leidr
Fel Capten Hyllfarf neu Barti Blew

Ch Ch Ch Ch

Ch Ch Ch Ch

Cofia wisgo
pyjamas lliwgar, clyd,
Ac i mewn i'r **llong**
â thi. Go lew!